Para Chirine.
É. P.

Gracias a G. P.,
y también a los habitantes de Vilnius.
É. P.

Editor de Océano Travesía: Daniel Goldin

HAMBRE DE LOBO

Título original: Faim de Loup
Autores: Éric Pintus y Rémi Saillard
©Didier Jeunesse, Paris, 2010

Tradujo Sabine Guillot

Publicado según acuerdo con Rageot Éditeur/Didier Jeunesse

D.R. © Editorial Océano, S.L.
Milanesat 21-23, Edificio Océano
08017 Barcelona, España
www.oceano.com

D.R. © Editorial Océano de México, S.A. de C.V.
Blvd. Manuel Ávila Camacho 76, 10º piso
11000 México, D.F., México
www.oceano.mx

PRIMERA EDICIÓN 2011

ISBN: 978-84-494-4445-6 (Océano España)
ISBN: 978-607-400-543-1 (Océano México)

IMPRESO EN ESPAÑA / *PRINTED IN SPAIN*

9003217011211

HAMBRE DE LOBO

Una historia contada por Éric Pintus
e ilustrada por Rémi Saillard

OCEANO travesía

Otra historia que empieza con el hambre.
Te duele el estómago, te duele el corazón,
te duele la cabeza, te duele todo: tienes hambre.

EL HAMBRE, ES EL HAMBRE, TIENES **HAMBRE**.

Ya no sabes dónde estás, ya no ves muy bien adónde vas.

EL HAMBRE, ES EL HAMBRE, TIENES HAMBRE.

No debes quedarte aquí, al descubierto.
Los hombres no están muy lejos,
su olor desabrido está por todas partes.
Si te ven, te matan: ¡eso es seguro!
Te tienen miedo, siempre te han tenido miedo.
Ah, si tan solo tuvieran buen sabor.

EL HAMBRE, ES EL HAMBRE, TIENES **HAMBRE**.

Esto está mucho mejor, ¿no? El abrigo de los árboles
te vuelve casi invisible. Te sientes seguro.
Los mil y un aromas del bosque te alborotan, salivas.

EL HAMBRE, ES EL HAMBRE, TIENES HAMBRE.

¡CRAC!
¡PLAF!
¡PUM! ¡AY!

¡Por las barbas de Ysengrin!
Qué mala suerte tienes.
Una trampa para osos
cuando sólo queda uno en todo el país.
Los hombres no tienen otra cosa que hacer más que trampas.
Qué mala suerte.

EL HAMBRE, ES EL HAMBRE, TIENES HAMBRE.

Por más que lo intentes, es inútil,
no lograrás salir. ¡Demasiado alto!

ADIÓS A LA VIDA, ADIÓS AL AMOR,
ADIÓS A TODAS LAS LOBAS.
SE ACABÓ, ES EL FINAL...

Tendrás que luchar por tu pellejo.
Los hombres no tardarán.
¡Guarda tus fuerzas!
Por el momento no hay nada que temer,
los únicos sonidos que percibes
son los gruñidos de tu estómago.

EL HAMBRE, ES EL HAMBRE, TIENES HAMBRE.

¡SILENCIO!

¿Qué es eso? ¿Son pasos?

Pero, ¡silencio! ¡Por Ysengrin!

Es eso, sí, son pasos, pero pequeños pasos.

¡Un niño! Mejor aún. Un niño es inocente, es dulce.

Quizás no todo esté perdido.

Un niño, ¡qué lindo! Un niño tierno.

EL HAMBRE ES EL HAMBRE, TIENES HAMBRE

Pasos muy pequeños.
NO, NO PUEDE SER.

Dos orejas, muy grandes.
NO, NO ES POSIBLE.

Dos ojos, muy pequeños.
NO, ES SÓLO UN SUEÑO.

Dos dientes, muy grandes.
NO, ES UNA PESADILLA.
NO, ÉL NO.

+ || + ∘∘ + ᙡ = **¡CONEJO!**

Ojalá no te haya visto.

– UY, UY, UY. ¡VAYA! No lo puedo creer.
Oye, ¿qué tal el fondo de tu hoyo?
El eslabón superior de la cadena alimenticia
¡Ja! Por lo general me persigues, pero ahora
ya no eres tan listillo, ¿no?
¡Espera! ¡Espera! ¡No te muevas!
Hace tiempo que quiero
decirte algunas cosas.
¿Todo bien? ¿Me escuchas?
Entonces, aquí vamos:

ABERRACIÓN DE LA NATURALEZA,
PELELE,
CERUMEN VISCOSO,
DESCEREBRADO,

Especie en vías de extinción,
Excremento del bosque,
Flacucho gruñón,
Hematoma,
Incapaz, pelmazo, estúpido...

Bufón,

Caso perdido,

Gusano deplorable,

Maleducado,

CERO A LA IZQUIERDA,

APESTOSO,

PEZ PODRIDO,

CUADRÚPEDO INCONCLUSO,

RESIDUO BIOLÓGICO...

SALCHICHA CON PATAS,

UTENSILIO INÚTIL,

CABEZA DE HUEVO,

VIRUELA,

TRAPO,

XENÓFOBO,

¡**C**HUPA SANGRE!

¡**L**OCO CHIFLADO!

LOCO CHIFLADO,
CHIFLADO LOCO,
LOCO CHIFLADO,
CHIFLADO LOCO...

Conejo canta.
Conejo baila.
Conejo canta y baila, alrededor del hoyo.
Conejo baila y canta, demasiado cerca del hoyo.

Conejo cae en el hoyo.

Conejo resbala,

sigue resbalando,

resbala aún más.

Conejo intenta agarrarse:

—Lobo, Lobo, Lobo, Lobo, ¡espera!
No es tan simple como parece, ¿sabes?
Es más complejo de lo que uno
puede imaginar. En realidad, lo importante
es nunca confiar en las apariencias.
¿Entiendes? Dime, ¿entiendes?
Era sólo una broma.
Todas esas burlas,
eran chistes,
porque en verdad,
sí, en verdad:
te quiero mucho.

-¡No te preocupes, Conejo!

Yo también te quiero mucho.

¡SE ACABÓ EL HAMBRE!
¿POR CUÁNTO TIEMPO?